3

die Buche
schrieb
Jahre
Zeilen

auf den
Ringen
erzählt
sie von

Grau
Sonne
Schmerz
Freundinnen

die Buche
schreibt
immer noch
am Buch

einen Apfelbaum
setz ich heute
und
werde nie in
seinem Schatten
in einen
Apfel beissen

es knospt
im Winter
schläfts

im Frühling
sprossts
grün

im Sommer
sonnts
himmels

im Herbst
knospt
frühlings

ist der Baum

im Traum

ein Baum

oder ein

Traum

Pflanzen und
Tiere hören auf
mit Wachsen
aufzuhören

sie hören auf
mit ihrem Tempo
und werden
immer schneller

die Bauern
freuts endlich
Koteletts
ohne Ende

die Holzhändler
auch endlos
langes
Holz

die Kettensägen
sind zu schwach
die Motormäher
auch

über Nacht sind
Strassen und
Landebahnen
überwuchert

Mäuse und
Läuse schieben
Offroader
weg

Tiere und Pflanzen
machen was
Menschen
machen

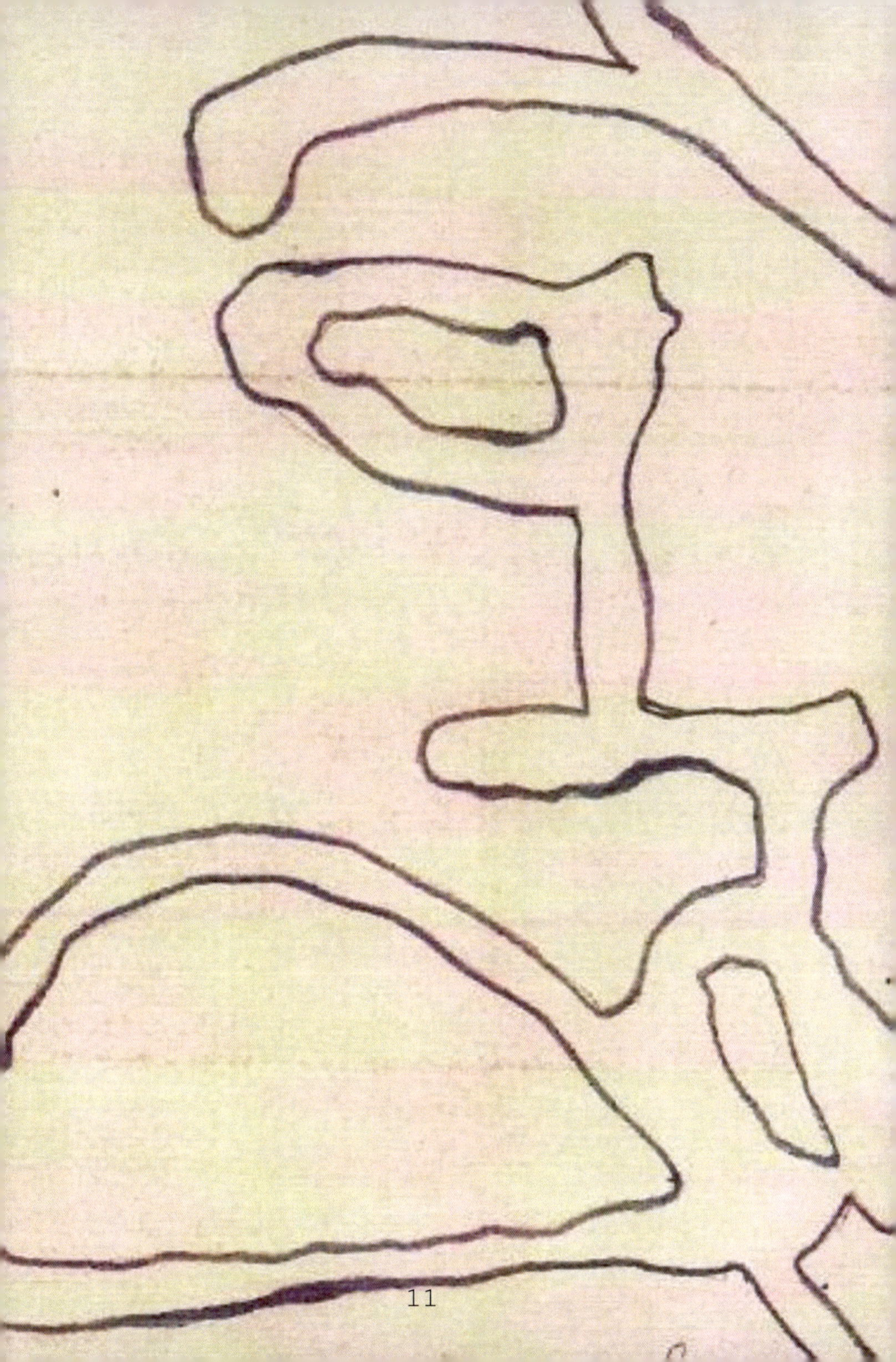

zuerst ignoriert

dann belächelt

später bekämpft

dann ernst genommen

jetzt überwuchern
sie alles

der Trotz der Bäume

die Buche schreibt
mit allen Sinnen
in Stammschrift
Blattschrift
Rindenschrift
die ich nicht
verstehen kann
ich übe

leuchtet
das Grün
deines
Zöglings

unter
deinem
Schirm
lispelt er

guten Morgen
Frühling
neu das
Jahr

ohne Plan
unverfügbar
nahe
dem Tod

ich bin stark und
fühle mich wohl

ich könnte
Bäume setzen

die Buche lebt
von Licht und
Liebe wie ich

ich fichte
durch den Wald
birke leicht und
eiche schwer

ahornend
esche ich
eibend rund
um die Tanne

und buche den
Flug mit den
Flügelfrüchten

die Erle zeigt
deine Perle

du eichst dich
ich eiche mich
wir eichen uns

bin heute
im Wald
baden gegangen
habe alle
Farben und
Formen der
Netzhaut
geschenkt
das Knacken
den Ohren
den Moder
der Nase

Waldbaden
in der Stube
mit der neuen
Baumäpp

baumst du schon
oder
menschst du noch

ich bin blind
sehe nur grün
doch alle
Farben sind da

weisse und dunkle Haut
nonbinär und binär
Gebären und Sterben
lange und kurze Haare
Schneesturm und Hitze
frische Liebe und Hass
Krieg und Frieden
hat die Buche
erlebt
und lebt

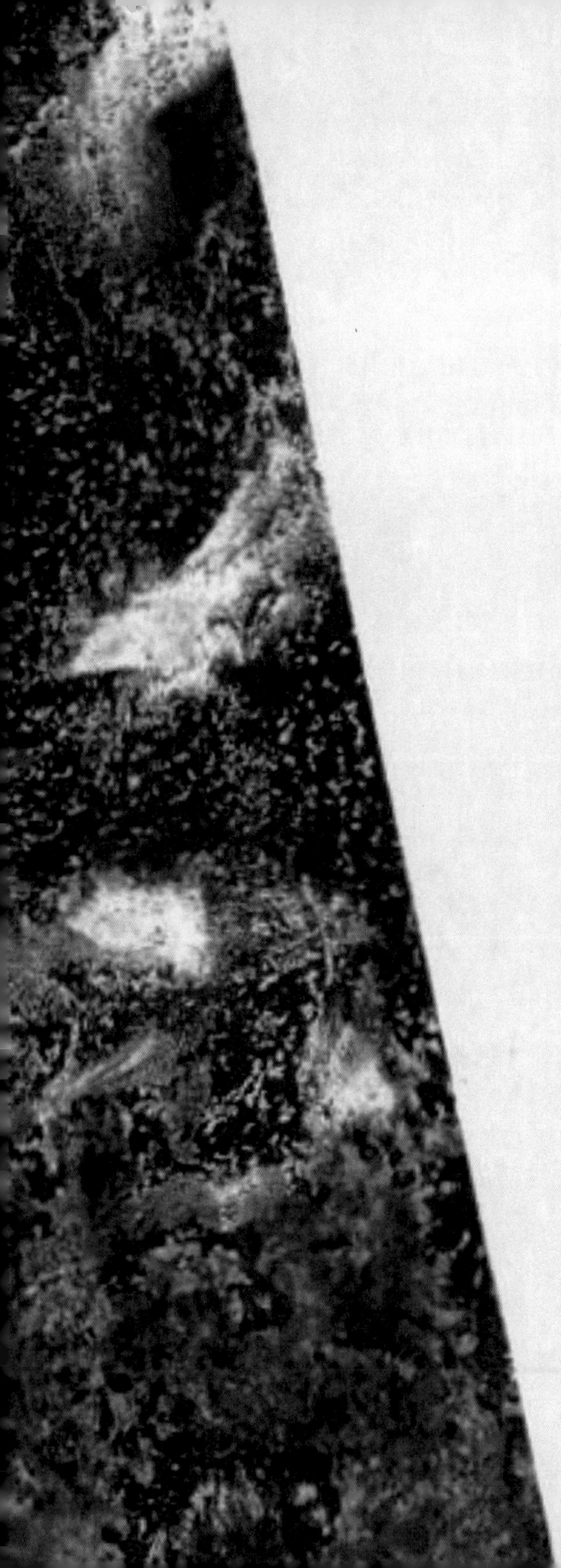

dein Stamm
ist grau
wie beim
Elefanten

deine Schrift
kräftig
und
geduldig

berichtet
von einem
heftigen
Sturm

ein Streit
zweier
wild
Liebender

im freien Fall halte ich mich am Regentropfen

und am Sonnenstrahl

Eine Landkarte zeigt das Land und hilft der Orientierung. Sie zeigt mir, wo die Sonne im Orient aufgeht. Jede Karte ist nur ein grobes Abbild vom Land. Mit der Strassenkarte bin ich als Wanderer verloren. Mit einer Wanderkarte finde ich den Veloweg nicht.
Solche Karten lassen das meiste weg, sonst wären sie nicht hilfreich. Die Ameisenstrasse ebenso wie die Regenwurmtunnels unter dem Boden, auch die Wege der Hirschen sind nicht zu finden.

Das WoodWideWeb, das feine Mycel, in dem Pilze und die Wurzeln der Bäume miteinander verbunden sind, ist nirgends nachgezeichnet. Würde eine Karte alles zeigen, müsste sie die Grösse des Landes haben, auch dann wäre sie nicht vollständig und unübersichtlich.

Eine brauchbare Karte vereinfacht und jede und jeder konstruiert sich eine eigene.

tanz dich frei

bleib an Ort
dreh dich
auf der Stelle
in der Stille

ein Schimmel
stolziert durch
den Birkenwald
ich zwinkere
kann aber nicht
sehen was Pferd
und Birke ist

ich bauche
die Buche
ich buche
den Bauch

ich umarme
den Baum
ich umbaume
den Arm

das Feuer knistert
wie Sterne funkeln

das Espenlaub rauscht
wie die Tauwiese blitzt

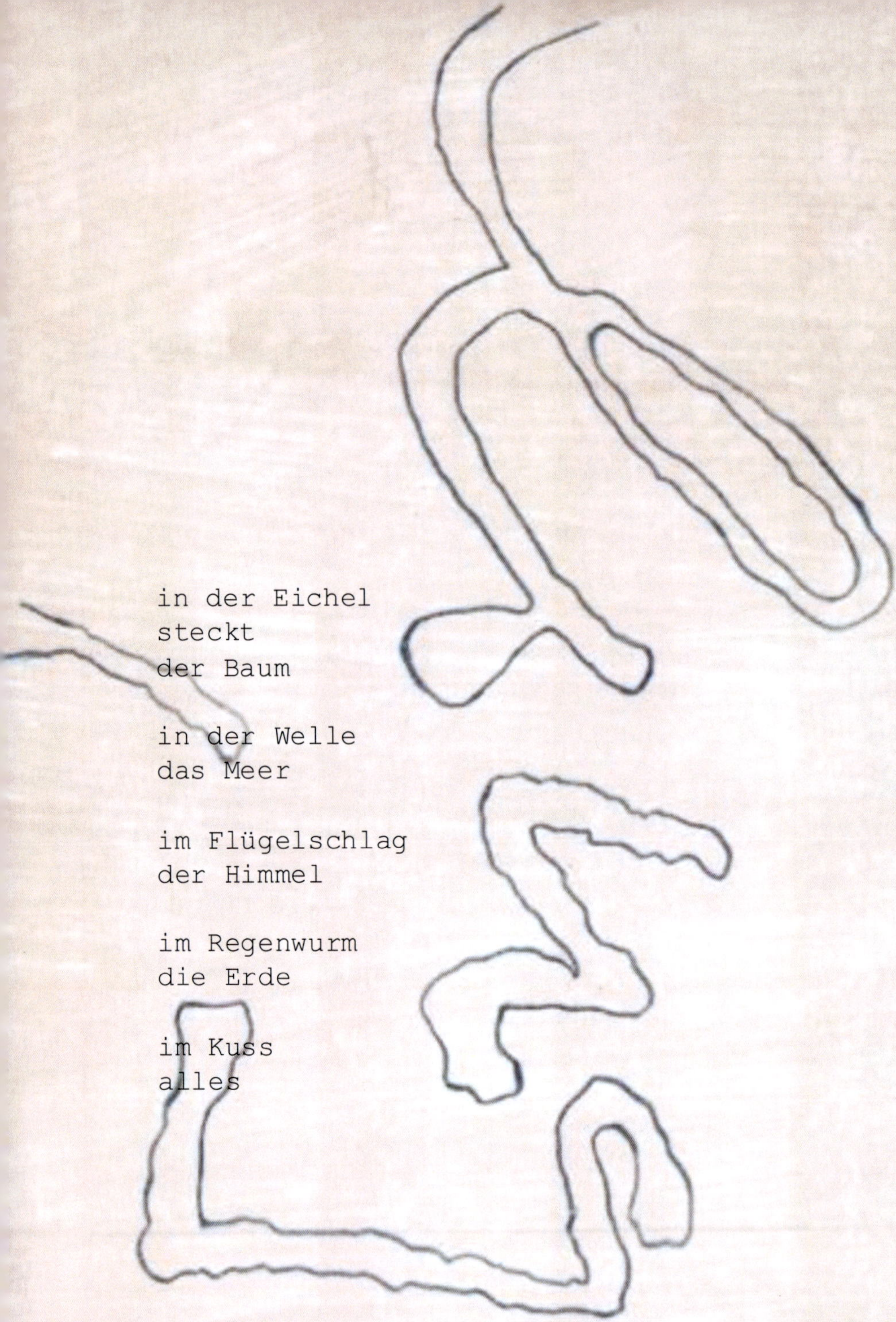

in der Eichel
steckt
der Baum

in der Welle
das Meer

im Flügelschlag
der Himmel

im Regenwurm
die Erde

im Kuss
alles

ich bin hier und
kann nicht fort
ich gedulde bis
ein Vogel auf mir singt
ein Regen mich duscht
ein Strahl mich wärmt
Schnee mich erfrischt
jemand mich anflüstert
und umarmt

die Buche
träumt

rot
vom Buntspecht

schwarz
von der Nacht

grün
vom Frühling

grau
vom Nebel

weiss
vom Schnee

blau
vom Himmel

träumt
die Buche

ich bin
weder Brett
vor dem Kopf
noch Sägemehl
im Ring

weder Splitter
im Auge
noch Holz
am Bein

weder Balken
im Dach
noch Scheit
im Feuer

ich bin
die ich bin

ich lebe
und leide
lass mich
beschenken
und schenke
ohne Rechnung

ich wurzle
dich
und
mich

deine
Wellen
und
meine

verbinden
unsichtbar
Aronstab
und Ahorn

Blaustern
und
Buche
Einbeere
und Eibe

Menschsein
beginnt mit dem
Aufheitern der
selbstverschuldeten
Umnachtung
und
Umtagung

ich buche
durch den Wald
aste mich entzwei
blättere mich breit
stamme hoch
same mich schmal
wurzle tief
und rinde nach

eiche die
Weide
weide den
Ahorn
horne die
Fichte
fichte die
Tanne
tanne die
Eibe
eibe die
Arve
arve die
Föhre
baume die
Bäume
bäume dich

die Buch‛ ist
ohne Warum
sie bucht
weil sie bucht
sie acht‛ nicht
ihrer selbst
fragt nicht
ob man sie sieht

frei nach Angelus Silesius

vor lauter Wald
Bäume
vor lauter Bäume
Wald
still rauschen
Blätter

ich himmle an
die Wurzeln
ich wurzle an
den Himmel

ich steh vor ihr
und seh sie nicht
sie bleibt mir
verborgen
zwischen Luft
und Wurzeln

Verlag Edition volleshaus - www.volleshaus.ch
1. Auflage, Basel, November 2024
ISBN: 978-3-03881-014-8

Layout & Gestaltung: Rosmarie Vogt-Rippmann, Thomas Gröbly
Druck & Bindung: Papierhandwerk Stäger + Wey GmbH Baden/Schweiz
Papier: Z-Offset - FSC-zertifiziert
Die meisten Texte sind neu, einige stammen aus den Gedichtbänden «Inmitten» 2018, «Dazwischen» 2020 und «Durcheinander» 2023

Rosmarie Vogt-Rippmann,1939, bildende Künstlerin im Aargau und Schaffhausen baut seit 40 Jahren Installationen, Objekte, Skulpturen, Bilder, Blätter und aktuell dieses Buch. Sie denkt und baut mit Material und Farben, in Höhen, Längen und Breiten, und rechnet mit Grenzen und Gleichgewicht, den wunderbaren Eigenschaften der Farben und Materialien. Mit Interesse beobachtet sie die Veränderungen ihrer Arbeiten, wenn sie in Ausstellungsräumen stehen, eigentlich dem Betrachten der unbekannten Menschen ausgesetzt wird. Diesmal ist der Raum einfach ein Buch!

Thomas Gröbly, 1958, gelernter Bauer, reformierter Theologe, Ethiker, Inhaber des Ethik-Labors und des Verlages volleshaus in Baden/Basel sowie Autor. Er engagiert sich für Gerechtigkeit, faire Wirtschaft und eine intakte Mitwelt. Ethik argumentiert streng rational, was ihn mehr und mehr an ihrer Wirksamkeit zweifeln liess. Lyrik ist seine Antwort. So schrieb er 2022 das persönliche Sachbuch mit Lyrik «Einen Augenblick staunen - Variationen über Sterben, Nachhaltigkeit und friedfertiges Leben». 2024 erschien davon ein Hörbuch. Im Jahr 2016 wurde bei ihm ALS (Amyotrophe Lateralsklerose) diagnostiziert.